BERTHILDE.

QUE DES ÉCOLES CHRÉTIENNES

BERTHILDE

PAR

Mme LA Ctesse EUG. DE LA ROCHÈRE

TOURS

Ad MAME ET Cie, IMPRIMEURS-LIBRAIRES

BIBLIOTHÈQUE

DES

ÉCOLES CHRÉTIENNES

APPROUVÉE

Par S. Em. Mgr le Cardinal Archevêque de Tours.

BERTHILDE

PAR

Mme LA Csse EUG. DE LA ROCHÈRE

TOURS

Ad MAME ET Cie, IMPRIMEURS-LIBRAIRES

1857

BERTHILDE

I

« Certes, mon cher maître, vous êtes un heureux mortel d'avoir pu contempler tout à votre aise la jeune fille qui a posé pour ce charmant portrait. »

Celui qui parlait de la sorte

était un jeune homme d'une beauté noble et élégante ; son costume de bon goût, ses manières simples et aisées annonçaient une haute position.

« Rien ne vous sera plus facile que de voir après-demain cette demoiselle à la soirée de la préfecture, répondit l'artiste.

— J'irai bien certainement, reprit le jeune enthousiaste, quand il me faudrait pour cela renoncer à cette fameuse chasse au loup que nous devons faire dans la forêt d'Amboise. Mais la chasse et les arts peuvent à peine me consoler de ne pas suivre l'empereur et de ne pas partager la gloire de nos soldats ; mon oncle s'y oppose, c'est une grande contrariété pour moi... »

« Mon Dieu ! quelle ravissante figure ! reprit-il en se plaçant de nouveau devant l'objet de son admiration, et celui qui épousera une pareille femme ne pourra manquer d'être heureux.

— Peut-être, dit le peintre.

— Pourquoi ce peut-être ? interrompit le jeune enthousiaste avec vivacité; cette demoiselle ne serait-elle pas aussi vertueuse que belle? cela me paraît impossible avec une physionomie si pleine de candeur et d'innocence; lui connaîtriez-vous quelque défaut de caractère?... Mais parlez donc!

— Que voulez-vous que je vous dise? répondit le vieux peintre en riant; on m'a donné six séances de deux heures chacune; ce temps suffit pour faire un portrait, mais non pour connaître une femme. D'ailleurs, je ne vois pas en quoi le caractère de cette demoiselle peut vous intéresser; vous ne pouvez pas l'épouser.

— Pourquoi pas, s'il vous plaît?

— Parceque monsieur votre oncle n'y consentirait jamais, répondit le peintre; car cette jeune fille n'est distinguée ni par sa fortune, ni par sa naissance.

— Je trouve que pour une

femme les charmes naturels sont la première des distinctions, répondit vivement le jeune homme; ainsi dites-moi, de grâce, son nom, sa position, tout ce que vous avez appris sur son compte. »

L'artiste allait répondre, lorsqu'il fut interrompu par deux ou trois petits coups frappés discrètement à la porte de l'atelier.

Un domestique entra; il venait, de la part de M. le marquis de Vermorand, chercher M. Émile.

— Adieu donc, mon cher maître,

dit le jeune homme à l'artiste; demain nous reprendrons cet entretien. »

II

Dix minutes plus tard, le comte Émile de Vermorand se trouvait en présence d'un vieillard dont la haute taille, bien que légèrement courbée sous le poids de ses soixante-dix ans, conservait cependant beaucoup de dignité. Son front large et chauve, ses yeux enfoncés dans leur orbite, mais qui brillaient encore sous des sourcils épais, ses traits anguleux et fortement accentués annonçaient un caractère ferme et énergique, une volonté de fer, qui semblait devoir briser tous les obstacles.

Au moment où le jeune homme entra dans l'appartement, le marquis, enveloppé dans une douillette de soie brune, était assis devant son bureau. Il répondit par une légère inclination de tête au salut respectueux du comte, et de la main lui désignant un siége :

« Asseyez-vous, mon neveu, lui dit-il d'un air grave, et écoutez-moi attentivement, car je vais vous parler de choses importantes.

— Je suis à vos ordres, Monsieur, » répondit le jeune homme d'une voix presque timide, et qui contrastait étrangement avec le ton dégagé de sa conversation chez le peintre.

« La mort s'est appesantie cruellement sur tous les membres de notre famille, jadis si florissante, reprit le vieillard d'une voix triste et douloureuse ; elle m'a enlevé mes trois fils, et, de tous ceux qui m'étaient attachés par les liens du sang, il ne me reste plus d'héritiers que vous et votre cousine de Boisvilliers, fille unique de feu ma pauvre sœur, comme vous êtes l'unique enfant de feu mon frère. J'ai donc pris la résolution d'unir votre destinée à celle de ma nièce, afin d'ajouter aux biens que je vous laisserai après ma mort l'immense fortune des Boisvilliers, et de relever ainsi le nom et l'éclat de notre maison.

— Mon cher oncle, reprit Émile faisant un effort pour surmonter la crainte extrême que lui inspirait le marquis, j'ai l'honneur de vous faire observer que nous ne nous sommes jamais vus, ma cousine et moi, et qu'il pourrait se faire que je ne lui convinsse pas.

— Votre cousine est bien élevée; sa mère lui a fait part, avant de mourir, du projet d'union qu'elle et moi nous avions conçu depuis longtemps, et le moindre désir de ma sœur sera toujours un ordre pour sa fille. Ne vous mettez donc pas en peine du consentement de Mlle de Boisvilliers ; songez seulement à vous rendre digne de son affection. Si je ne vous ai pas parlé plus tôt du sort brillant qui vous était préparé, c'est que, la cérémonie du mariage ne devant s'accomplir qu'après la fin du deuil de ma nièce, je n'ai pas cru devoir vous distraire de vos études. Maintenant ce deuil est fini, Berthilde nous attend, faites donc à la hâte vos préparatifs de voyage ; nous partirons demain matin pour le château de Boisvilliers. »

Le jeune homme avait changé plusieurs fois de couleur en entendant les paroles de son oncle ; mais quels que fussent les sentiments divers qui s'agitaient dans son âme, il sortit sans se permettre de faire d'autre observation.

III

Le lendemain une chaise de poste emportait le marquis et son neveu sur la route de Tours à Poitiers. Le vieillard, réveillé plus matin que de coutume et bercé par le mouvement de la voiture, ne tarda pas à s'endormir d'un profond sommeil, tandis que le jeune homme, plongé dans ses réflexions, regardait d'un air distrait les arbres chargés de fruits et la campagne verdoyante qui s'enfuyait rapidement derrière lui.

Et ce bal, où cette belle personne doit se trouver ce soir et auquel je n'assisterai pas !... se disait-il. Oh ! si ma cousine avait le bon esprit de ressembler à ce délicieux portrait qui est resté gravé dans mon souvenir ! ou si, du moins, elle ressemblait à sa mère ! Ma tante de Boisvilliers était, dit-on, aussi remarquable par sa beauté que par son esprit.

Dans ce moment un cahot de la voiture éveilla le marquis. Il huma lentement une prise de tabac, regarda par la portière, et dit d'un ton joyeux, qui ne lui était pas habituel :

« Mon Dieu ! que cette campagne est riche et que le ciel est pur aujourd'hui ! si le temps se maintient ainsi toute la journée, nous aurons fait un agréable voyage.

— Monsieur, dit Émile encouragé par la bonne humeur du vieillard, vous avez déjà vu ma cousine?

— Sans doute, répondit le marquis; j'ai été deux fois à Boisvilliers pendant que vous voyagiez en Allemagne avec votre précepteur, et j'y suis retourné, il y a un an, au moment de la mort de la comtesse.

— Alors vous pouvez me faire le portrait de Berthilde.

— Je vous ai dit qu'elle était digne en tout point du nom que vous allez lui offrir.

— Je ne doute pas de ses vertus, Monsieur, répliqua le jeune homme s'enhardissant peu à peu; mais je suis très-occupé, je vous l'avoue, de savoir si ma cousine est laide ou jolie, blonde ou brune, grande ou petite.

— Vous le verrez ce soir. »

Ces paroles furent prononcées d'un ton qui n'admettait pas de réplique. Le jeune homme prit le parti de se taire; mais il ne put de même imposer silence à son imagination.

Ah ! ma cousine est sèche, noire et gravée de la petite vérole, se disait-il en rongeant de dépit le bout de ses gants; autrement, pourquoi mon oncle refuserait-il de me la dépeindre?... Peut-être aussi, ajouta-t-il, après quelques minutes de réflexion, l'âge du marquis le rend-il si indifférent pour la beauté, qu'il n'a pas même remarqué les traits de Berthilde... Eh ! qui sait? ce bon oncle veut peut-être me ménager une agréable surprise?

Ce fut dans ces alternatives de crainte et d'espérance que le jeune homme arriva à Poitiers.

IV

Il était sept heures du soir lorsque la chaise de poste entra dans la longue allée de tilleuls qui conduit au château de Boisvilliers. A l'approche de cet antique manoir, dont les tourelles élancées se détachaient admirablement sur l'horizon, doré par les dernières lueurs du jour, Émile sentit son cœur battre avec force; il attacha ses yeux sur les épaisses murailles du vaste édifice, comme s'il eût pu voir au travers.

Cependant, aux claquements du fouet du postillon, un paysan, placé en sentinelle, prit sa course vers le château, et bientôt deux femmes s'avancèrent sur le perron. L'une d'elles était vêtue de noir et marchait lentement; à la légèreté avec laquelle l'autre accourait au-devant de la voiture, on jugeait facilement qu'elle était jeune : ce devait être Berthilde. Elle portait une robe de mousseline blanche, son voile de gaze flottait au gré du vent; cet ensemble virginal enchanta le jeune homme.

Elle doit être charmante, pensa-t-il en relevant ses cheveux et frisant sa moustache, pendant que le marquis mettait pied à terre.

« Que je suis heureuse de vous revoir, mon cher oncle ! dit une voix douce et mélodieuse qui allait à l'âme. Et vous, mon cousin, soyez le bienvenu dans le château de nos aïeux, où je suis seule, hélas! pour vous recevoir... »

Émile se pencha vivement vers la jeune fille pour regarder son visage; mais, émue par le souvenir de la mère chérie qu'elle pleurait sans cesse, Berthilde venait de porter son mouchoir à ses yeux, et son cousin ne put l'apercevoir; d'ailleurs l'obscurité était déjà devenue trop grande pour qu'il eût pu distinguer ses traits.

« Appuyez-vous sur moi, mon bon oncle, » dit Berthilde, que le vieillard venait de presser dans ses bras avec une tendresse dont son neveu ne l'aurait pas cru susceptible.

Tous trois s'acheminèrent alors lentement vers le château, où Mme Hubert, gouvernante de Mlle de Boisvilliers, les attendait dans le salon.

« Je vous ai fait allumer du feu, car les soirées commencent à être fraiches, » dit Berthilde en conduisant le marquis dans un grand fauteuil.

En ce moment Emile put enfin apercevoir, à la lueur des bougies, le visage sur lequel il avait déjà fait des conjectures si diverses. Hélas! le désenchantement devait être complet : Berthilde était d'une laideur rare chez une fille de dix-sept ans; sa figure, pâle et maigre, était couverte de taches de rousseur; ses lèvres épaisses laissaient apercevoir, en s'entr'ouvrant au moindre sourire, des dents blanches, mais mal rangées; ses petits yeux gris étaient surmontés de sourcils presque blancs ; ses cheveux, d'un blond douteux, tombaient en boucles rares autour d'un cou trop mince; et sa haute taille manquait de grâce et de souplesse.

La foudre tombée aux pieds du jeune homme l'aurait moins abasourdi que cet ensemble disgracieux ; heureusement pour Berthilde, elle ne s'aperçut point de l'impression désagréable qu'elle venait de produire sur son cousin, tout occupée qu'elle était de ses devoirs de maîtresse de maison; et, quelques instants après, la cloche annonçant le souper, elle passa son bras sous celui du marquis, et le conduisit dans la salle à manger, où un repas délicat attendait les voyageurs.

« En vérité, ma nièce, il faut que vous soyez un peu fée pour avoir ainsi deviné tous mes goûts, » disait le vieillard en mangeant d'un appétit qu'il ne connaissait plus depuis longtemps.

« Je n'ai point deviné, mon cher oncle, répondit Berthilde, je me suis rappelé les mets que vous préfériez.

— Que vous êtes bonne et attentive ! reprit le marquis avec affection. Comment ! mon neveu, vous ne faites pas honneur à cet excellent salmis de bécasses !

— Je crains que M. le comte ne soit malade, dit Mme Hubert.

— Ce n'est rien, absolument rien, Madame, une migraine subite, se hâta-t-il de répondre; ne faites pas attention, je vous prie. »

Les regards de Berthilde s'attachèrent sur son convive avec une vive sollicitude; après le repas elle s'approcha de lui, et lui demanda timidement :

« Comment va votre migraine, mon cousin ? »

Celui-ci releva vivement la tête, et, ses yeux rencontrant le fade visage de Mlle de Boisvilliers, il les baissa aussitôt en balbutiant quelques mots de remerciements et d'excuses ; puis il demanda la permission de se retirer.

Mme Hubert le conduisit dans une pièce meublée avec une élégante recherche; car tout avait été prévu par Berthilde pour rendre sa maison agréable aux hôtes qu'elle attendait; mais Émile était trop préoccupé pour remarquer alors toutes ces attentions; ce qu'il voulait surtout, c'était de se trouver seul avec ses pensées, seul avec son désespoir.

J'irai demain trouver mon oncle, se dit-il, et je lui déclarerai hardiment qu'il m'est impossible de lui obéir dans cette circonstance.

Pendant ce temps, Berthilde accompagnait le vieillard jusqu'à l'appartement qui lui était préparé, s'assurait par elle-même qu'il avait sous la main tout ce qui pouvait lui être utile ou agréable, et allait se renfermer dans sa chambre, où, s'agenouillant dévotement au pied d'une statue de la sainte Vierge, elle pria longtemps, le cœur troublé de crainte et d'espérance à l'idée de son prochain mariage.

V

Dès qu'il fit jour, Émile, qui n'avait pas dormi de la nuit, résolut de mettre à exécution son projet de la veille.

« Mon oncle est-il visible? demanda-t-il au valet de chambre.

— Monsieur le marquis lit son journal, tout ravi de l'attention que Mademoiselle a eue de le faire venir ici, où il ne s'attendait pas à le trouver. »

Le moment est favorable, pensa le jeune homme. Mais, près de franchir le seuil de la porte, il sentit son courage faiblir. Émile de Vermorand avait été élevé dans de tels sentiments de crainte et de respect pour le parent généreux, mais sincère, qui l'avait recueilli dès l'enfance, que, sur le point de déclarer la résolution qu'il avait prise de ne pas épouser Mlle de Boisvilliers, il n'eut plus la force d'affronter l'indignation du marquis, et se retira honteux de sa timidité, et mécontent de lui-même et des autres.

Comme il traversait le vestibule pour aller respirer l'air dans le parc, il fut tout étonné d'y rencontrer la jeune maîtresse de la maison, entourée de plusieurs petites paysannes qui recevaient d'elle du pain, des médicaments et des vêtements. A la vue de sa cousine, dont le négligé, quelque propre qu'il fût, n'augmentait point les charmes, Émile sentit redoubler sa mauvaise humeur; il accusait injustement la pauvre fille du chagrin qu'il éprouvait, et se disposait même à l'éviter, lorsque, s'avançant à sa rencontre, elle lui dit d'une voix affectueuse :

« Comment vous trouvez-vous ce matin?

— Je souffre beaucoup, répondit-il avec brusquerie; mais ne vous occupez point de moi. Le grand air me fera du bien. »

Et il s'éloigna précipitamment.

« Monsieur le comte est certainement un beau cavalier; mais, pour un fiancé, il se montre peu aimable, dit la vieille gouvernante, qui venait d'entrer.

— Il est souffrant, » répondit Berthilde avec indulgence.

Quand l'heure du déjeuner fut venue, et que le marquis, s'apercevant à son tour de l'humeur maussade du jeune homme, lui en témoigna à haute voix son mécontentement, Mlle de Boisvilliers prit la défense de son cousin avec une bonté charmante, assurant que la migraine faisait tellement souffrir, qu'elle s'étonnait qu'il eût le courage de quitter son lit.

Allons, il ne manquait plus que d'être excusé par elle, après avoir été grondé comme un enfant par mon oncle, se dit Émile avec dépit.

Pour chercher une contenance, il s'approcha d'un chevalet tout dressé dans un coin du salon.

« Vous vous occupez de peinture, Mademoiselle? dit-il à Berthilde.

— Oui, mon cousin; je sais que vous aimez beaucoup cet art, et, s'il vous était agréable de peindre quelque paysage, je vous indiquerais des sites délicieux dans les environs du château.

— Le paysage est un genre qui ne me plaît pas, répondit-il froidement, je ne m'occupe que du portrait; j'ai déjà copié plusieurs têtes de femmes, de jolies femmes, bien entendu, car celles-là peuvent seules me plaire : la beauté est un avantage que je prise par-dessus tout. »

Une rougeur subite colora les joues de la jeune fille, et, d'une voix altérée, elle dit en baissant les yeux :

« Les portraits de nos aïeules se trouvent dans la bibliothèque ; vous les verrez avec plaisir, mon cousin, car il y en a de charmantes. »

Cette inaltérable douceur désarma le comte, il eut honte de sa brutalité.

Après tout, se dit-il, ce n'est pas sa faute si elle est laide.

Et, soit pitié, soit repentir, il se montra plus affable; mais le mal était fait. Berthilde souffrait à la fois dans sa légitime affection et dans son amour-propre; et quand le soir fut venu, et que la pauvre enfant se trouva libre de se retirer dans sa chambre, elle en ferma la porte avec soin, et se plaçant devant sa glace :

Hélas! se dit-elle avec découragement, si mon cousin ne peut aimer qu'une jolie femme, il n'aura jamais d'affection pour moi !

Des larmes amères s'échappèrent de ses yeux ; puis elle tomba à genoux, et s'écria du fond du cœur :

« Mon Dieu ! vous savez que c'était pour vous obéir dans la personne de ma mère que je désirais ce mariage ; et, sans connaître mon cousin, je m'étais si fort habituée à le regarder comme mon fiancé devant vous, que mon cœur saigne à la seule idée de renoncer à lui; cependant, ô mon Dieu! s'il devait être malheureux auprès de moi, brisez vous-même un engagement que je n'aurais peut-être plus le courage de rompre. »

Pendant qu'elle continuait de prier, un bruit, étrange à cette heure avancée, troubla le silence de la nuit. Berthilde prêta l'oreille : c'étaient les pas de plusieurs chevaux dans la grande allée; elle regarda à travers les vitres, et vit des armes briller à la clarté de la lune. Mlle de Boisvilliers sonna ses gens;

mais avant qu'ils fussent en état de paraître devant leur maîtresse, on frappait rudement à la porte principale.

« Qui demandez-vous? dit Berthilde en ouvrant sa fenêtre.

— Monsieur Émile de Vermorand! lui répondit une voix. Nous lui apportons un ordre de l'empereur.

— Mon Dieu! que signifie cela? » s'écria-t-elle très alarmée en s'élançant dans le corridor, où les domestiques arrivaient de toutes parts.

« Je vais en avoir l'explication, ma cousine, dit Émile, qui venait de paraître à la porte de sa chambre; attendez-moi ici, de grâce. »

Quelques moments après il remontait, les yeux pétillants d'une joie qu'il ne cherchait pas à dissimuler.

« C'est un brevet de garde d'honneur qui m'arrive, dit-il;

il me faut partir à l'instant même. »

Berthilde jeta un cri de douleur.

« N'y a-t-il aucun moyen de vous faire remplacer? s'écria-t-elle; un cousin est presque un frère, et toute ma fortune est à votre disposition.

— Vous l'avouerai-je? répondit Émile, il m'en coûterait beaucoup de perdre cette occasion d'acquérir quelque gloire; d'ailleurs, nul ne peut se soustraire aux ordres de l'empereur; laissez-moi donc me rendre où mon inclination m'appelle autant que mon devoir de Français.

— Votre bonheur sera toujours le plus cher de mes vœux, lui dit-elle avec émotion, et soyez persuadé, mon cousin, qu'il n'est aucun sacrifice que je ne sois prête à lui faire.

— Vous êtes un ange, Berthilde! » s'écria-t-il, et tous les deux se rendirent chez le marquis.

Rien ne saurait dépeindre le

courroux du vieillard contre ce gouvernement impérial qui lui enlevait si inopinément l'héritier de son nom, son enfant d'adoption; mais il fallut bien le laisser partir. Le garde d'honneur, après avoir fait ses adieux à son oncle, salua Mlle de Boisvilliers, et dit en lui baisant la main :

« Croyez, ma cousine, que je n'oublierai jamais combien vous êtes bonne.

— Moi, je prierai Dieu pour vous, tous les jours de ma vie. »

Ils se séparèrent, lui joyeux comme un jeune et ardent coursier délivré de ses entraves, elle le cœur brisé et les yeux pleins de larmes.

VI

Les tendres soins de Berthilde adoucirent peu à peu l'affliction du marquis, et lui devinrent si indispensables, qu'après un séjour de quelques mois au château de Boisvilliers, le vieillard la pria de le suivre à Tours, où ses affaires le rappelaient. Ce ne fut point sans une vive douleur qu'elle quitta ce vieux manoir où elle avait longtemps vécu heureuse auprès de sa mère chérie, dont les restes mortels reposaient dans la chapelle; mais elle sacrifia, sans balancer, tous ses goûts de retraite à la pensée charitable d'être utile et agréable à son oncle, qui lui confia le soin de sa maison.

Cependant de nouveaux chagrins attendaient la jeune fille dans ce monde, où le marquis voulut absolument la présenter; sa laideur éloignait d'elle tous les jeunes gens, et la première fois qu'elle parut au bal, il fallut que la maîtresse de la maison lui cherchât des danseurs.

Mon Dieu! qu'il est dur d'être délaissée de la sorte! se dit-elle avec tristesse, quand elle fut de retour dans son appartement.

Elle se débarrassa à la hâte de la brillante parure que son oncle avait choisie lui-même, et se prosternant devant son crucifix, elle s'écria :

« Mon Dieu! c'est vous qui avez

permis que je souffrisse ces humiliations ; je m'y soumets donc de bon cœur, je pardonne pour l'amour de vous aux personnes qui me les ont fait subir, et je vous prie de m'accorder la grâce d'être si bonne pour tous ceux qui m'approchent, que je parvienne à m'en faire aimer malgré ma laideur. »

En parlant de la sorte Berthilde pensait surtout à son cousin, dont le nom avait été déjà cité plusieurs fois avec éloge dans les bulletins de la grande armée.

Le vœu de Mlle de Boisvilliers fut exaucé en partie; car elle se montra si bienveillante envers les autres femmes, si aimable et si indulgente pour tout le monde, qu'elle devint chère aux amis de son oncle; et au bout de quelques mois, sa réputation d'esprit et de bonté était si solidement établie, que personne n'eût osé se permettre la plus légère plaisanterie sur sa figure ou sur sa taille. Ce succès mérité releva le courage de la pauvre enfant.

Pourquoi mon fiancé ne m'aimerait-il pas aussi, quand je lui aurai donné des preuves de tendresse et de dévouement? se dit-elle.

Et dans cet espoir d'accomplir un jour la dernière volonté de sa mère, elle travaillait avec constance à acquérir de nouveaux talents et à perfectionner ses vertus.

Émile, qui s'était conduit en brave, et avait heureusement échappé à tous les périls de la guerre, écrivit à son oncle une lettre datée de Paris, où Napoléon venait de rentrer. Le marquis fit aussitôt des démarches, parvint à obtenir pour le garde d'honneur un congé de deux mois, et lui ordonna de venir sur-le-champ, voulant profiter de ce temps de repos pour réaliser le plus cher de ses vœux. Berthilde, doucement émue, quoique fort inquiète, attendait son cousin, lorsqu'un jour le marquis entra chez elle dans un état d'irritation difficile à décrire. Ses membres étaient agités d'un mouvement nerveux, il froissait convulsivement entre ses mains une lettre qu'il venait de recevoir.

« Le misérable! s'écria-t-il, me faire manquer à ma parole! me résister de la sorte! Tenez, lisez! »

Le vieillard n'en put dire davantage, son visage s'empourpra, ses yeux devinrent fixes et hagards, il tomba frappé d'apoplexie.

VIII

Une abondante saignée, des soins intelligents et assidus ranimèrent le marquis. Son regard erra quelque temps, incertain, tout autour de sa chambre; puis, reconnaissant Berthilde :

« C'est vous, ma fille! lui dit-il, vous êtes toujours là comme mon bon ange; soyez bénie pour tous les soins que j'ai reçus de vous, pour toutes les joies dont vous avez embelli mes dernières années. Quant à mon neveu... »

La jeune fille voulut prendre la parole.

« Les moments sont précieux, dit le malade en l'interrompant ; voici la clef de mon secrétaire, il renferme mon testament, dont je veux que vous preniez connaissance aussitôt que j'aurai cessé de vivre; maintenant faites appeler mon confesseur, car je n'ai pas de temps à perdre. »

Quelques heures plus tard, le marquis de Vermorand, atteint d'une nouvelle attaque, expirait doucement entre les bras de sa fille d'adoption.

Berthilde, tout en larmes, voulut elle-même lui fermer les yeux; et, comme elle lui rendait ce dernier devoir, elle aperçut sur le lit la lettre qui avait si fort excité la colère du vieillard. La jeune fille s'en empara, reconnut l'écriture de son cousin, et, s'approchant des cierges funèbres, que Mme Hubert venait d'allumer, elle lut ce qui suit :

« Mon cher oncle,

« Pardonnez-moi de résister à
« vos ordres : j'estime ma cousine
« de Boisvilliers; mais je ne sau-
« rais l'aimer, tant je la trouve
« dépourvue de beauté et de grâce.
« J'avais voulu vous le dire dès
« le premier jour que je la vis; le
« courage me manqua, je redou-

« tais de vous déplaire; en réflé-
« chissant aujourd'hui qu'il me
« serait impossible de la rendre
« heureuse, et que d'ailleurs son
« immense fortune et ses vertus
« lui feront trouver sans peine un
« mari digne de son alliance et
« de la vôtre, j'éprouve moins de
« regrets à rompre un engagement
« auquel ma bouche et mon cœur
« sont restés étrangers. »

« Mon Dieu! que votre volonté soit faite! » dit la jeune fille en donnant un libre cours à ses larmes.

Puis, se rappelant aussitôt les derniers ordres de son oncle, elle ouvrit le secrétaire, en tira un testament qu'elle lut tout haut, et dont voici la principale disposition :

« Je lègue tous mes biens, par portions égales, à mon neveu, le comte Émile de Vermorand, et à ma nièce, Mlle Berthilde de Boisvilliers, mes héritiers naturels, à la condition expresse qu'avant la fin de l'année ils s'uniront ensemble par les liens du mariage. Si mon neveu refusait de se soumettre à cette clause, ma fortune appartiendrait tout entière à ma nièce bien-aimée. »

« Pauvre cher oncle ! dit la jeune fille en déposant un dernier baiser sur la froide main du cadavre, votre affection pour moi ne s'effacera jamais de mon souvenir. »

Alors, s'approchant d'un cierge, elle brûla le testament.

« Que faites-vous? s'écria Mme Hubert.

— Je suis l'inspiration de mon cœur, répondit-elle en activant la flamme, et je suis sûre que du haut du ciel mon oncle m'approuve en ce moment. »

Puis, s'agenouillant au pied du lit mortuaire, elle passa la nuit à prier.

VII

Trois ans plus tard, par une nuit du mois de mai 1815, deux braves, échappés aux désastres d'un combat meurtrier, dans lequel un petit corps de troupes impériales, surpris à l'improviste par un détachement de l'armée vendéenne, avait été défait et taillé en pièces, deux braves, dis-je, se traînaient péniblement dans les sentiers d'un bois épais.

« Capitaine ! il m'est impossible d'aller plus loin, dit l'un d'eux en s'asseyant au pied d'un chêne ; et les blancs, la fatigue ou la faim dussent-ils me tuer cette nuit, je ne puis faire un pas de plus.

— Allons, Antoine, du courage, répondit le capitaine, qui portait un bras en écharpe et dont la tête était entourée d'un mouchoir ensanglanté ; marchons encore, sans doute nous trouverons un asile, car j'ai vu luire une lumière dans cette direction. »

Mais, pendant qu'il parlait, ses forces le trahissant, il tomba évanoui.

« Au secours! mon capitaine se meurt! » s'écria le soldat, qui se relevait à demi; et il s'affaissa de nouveau, épuisé par ce dernier effort.

Cependant deux bûcherons, qui se rendaient à leur travail matinal, entendirent les cris et accoururent en toute hâte.

« Ces hommes sont blessés et bien malades, dit l'un d'eux en les examinant avec attention ; ce que nous avons de mieux à faire, c'est de les porter chez la bonne dame. Amène la charrette, mon garçon, et mettons-nous en route, car nous avons bien du chemin à faire. »

Lorsque l'officier blessé reprit l'usage de ses sens, sa tête et son bras étaient pansés avec soin, ses membres endoloris reposaient dans un lit bien propre, et une femme d'un âge mûr, portant le costume des religieuses hospitalières, lui faisait avaler quelques gouttes de bouillon.

« Où suis-je? balbutia-t-il d'une voix à peine intelligible.

— Dans une maison où vous ne manquerez pas de soins, répondit sa garde-malade.

— Et mon soldat? demanda le capitaine, cherchant à regarder autour de lui.

— Il dort dans ce lit; mais tenez-vous tranquille, et gardez le silence. »

Le capitaine obéit d'autant plus aisément que ses forces ne lui permettaient pas d'en dire davantage; et, le bien-être qu'il éprouvait lui venant en aide, il s'endormit de nouveau. Durant ce sommeil il lui sembla voir une vieille dame reposant près de lui dans un grand fauteuil, et une jeune fille priant à genoux au pied de son lit; il se trouvait dans une pièce aussi propre que simplement meublée, contenant plusieurs couchettes entourées de rideaux blancs.

« Comment suis-je donc arrivé dans cet hôpital? » se disait-il, essayant de recueillir ses souvenirs. Il était grand jour quand il se réveilla le lendemain.

« Eh bien! capitaine, comment ça va-t-il maintenant? lui dit Antoine.

— Beaucoup mieux; et toi-même, mon garçon?

— Oh! moi, répondit-il en se mettant sur son séant, je suis comme qui dirait hors de danger; j'ai bu, mangé et dormi; et comme je n'étais malade que de soif, de faim et de fatigue, le traitement a réussi à merveille ; si bien que je suis tout prêt à doubler la dose ; mais parlons de vos blessures ; j'espère qu'on ne sera pas obligé de vous couper le bras, comme le chirurgien le voulait hier au soir ! Mille bombes ! ce serait dommage ; un bel officier comme vous !

— Que dis-tu ? s'écria le capitaine avec un certain effroi.

— Je dis que le chirurgien voulait vous couper le bras, donnant pour raison qu'il fallait sacrifier un membre pour sauver les autres ; les vieilles sœurs disaient comme lui, mais la jeune a assuré qu'elle saurait bien vous guérir sans cela ; puis elle vous a pansé si gentiment, que c'était plaisir à voir ; et, tenez, la voilà qui vient vers nous, ajouta-t-il en posant sur son front le revers de sa main droite.

— En croirai-je mes yeux ! s'écria le capitaine, qui n'était autre qu'Émile de Vermorand. Il venait de reconnaître Mlle de Boisvilliers dans la jeune garde-malade qui l'avait veillé toute la nuit. Vous ici, ma cousine, dans un hôpital ?

— Non, Monsieur, répondit Mme Hubert, qui entrait en ce moment ; c'est l'hôpital qui est chez Mademoiselle.

— Qu'est-ce que cela signifie? demanda le capitaine.

— Mon Dieu ! rien que de bien simple, répondit Berthilde timidement ; je tâche d'employer le temps et la fortune dont j'ai de reste à être utile aux pauvres gens de ce pays; deux bonnes sœurs hospitalières veulent bien m'aider dans cette tâche, et nous avons consacré une aile de ce vaste manoir à servir d'école aux petits enfants du village et d'hôpital aux malades. Je rends grâces à la Providence, qui a inspiré aux bûcherons, lorsque vous étiez évanoui dans le bois, l'idée de vous transporter dans le château de notre cher oncle.

— Ah! ma cousine, comment vous exprimer ma reconnaissance?

— En me laissant vous soigner de mon mieux, dit-elle avec un doux sourire; j'ai promis au docteur de vous guérir, et vous ne voudriez pas me faire manquer à ma parole. »

Pendant un mois entier, Berthilde, aidée des bonnes sœurs, pansa les blessures de son cousin avec une adresse qui eût fait honneur au chirurgien le plus habile. Au bout de ce temps, le malade put être transporté au pavillon du jardin; là se trouvait un appartement complet, qui avait été restauré avec beaucoup de luxe. Antoine, fidèlement attaché au service de son capitaine, l'avait suivi, et Berthilde, toujours bonne, douce et chrétiennement charitable, cherchait à le distraire en causant avec lui et en lui faisant de temps à autre des lectures intéressantes.

Vers ce temps, on apprit au château la seconde abdication de Napoléon et le licenciement de l'armée impériale; cette circonstance rendait à M. de Vermorand sa liberté tout entière. Dès qu'il fut en état de marcher, il voulut visiter en détail les pieuses fondations de sa cousine : l'école où les sœurs enseignaient le catéchisme, la lecture et l'écriture à tous les enfants du village; l'ouvroir où elles montraient aux petites filles à coudre et à tricoter; l'hospice où deux ou trois vieillards sans famille avaient déjà reçu leurs invalides; les salles où les malades étaient soignés; et Berthilde trouvait un grand plaisir à voir son cousin approuver vivement tout ce qu'elle avait établi.

Lorsqu'elle parut dans la cour où les enfants prenaient alors leurs ébats, tous se précipitèrent à sa rencontre en l'appelant la *bonne dame;* c'était à qui obtiendrait un sourire, ou parviendrait à lui baiser la main.

« Comme on vous aime ici ! lui dit le capitaine en la regardant avec intérêt.

— Oui, répondit Berthilde tout émue; aussi suis-je bien heureuse.

— Ainsi, vous ne désirez pas d'autre bonheur?

— Non, dit-elle, je n'en désire pas d'autre sur cette terre, car je n'aime point le monde, et je ne veux pas me marier.

— Parlez-vous sérieusement, ma cousine?

— Très-sérieusement, répondit-elle; voilà déjà plusieurs années que je pense de la sorte. »

Le capitaine devint pensif; mais la jeune fille ne s'en aperçut pas, occupée qu'elle était à distribuer des livres et des images aux enfants qui s'étaient le mieux conduits dans le cours de la semaine; puis, dans la crainte qu'il ne se fatiguât trop ce jour-là, elle prit le bras de son cousin et le reconduisit jusqu'à la porte de son pavillon.

Le temps de la convalescence s'écoula dans une douce intimité; un mois se passa encore sans que le capitaine parlât de son départ.

M. Gauthier, le vieil intendant

de la famille, qui depuis la mort du marquis n'avait point quitté Mlle de Boisvilliers et lui servait, pour ainsi dire, de tuteur, commença à trouver étrange ce séjour prolongé ; et, d'accord avec Mme Hubert, il alla trouver le jeune homme pour lui dire que, quoiqu'il n'habitât pas précisément le château, les convenances ne lui permettaient guère de rester plus longtemps chez Mlle de Boisvilliers.

« Est-ce de la part de ma cousine que vous me donnez cet avis ?

demanda-t-il en changeant de couleur.

— Non, monsieur le capitaine; c'est mon attachement pour Mademoiselle qui m'a fait vous soumettre ces réflexions, que je vous prie de ne point prendre en mauvaise part.

— J'approuve fort votre zèle, Monsieur, répondit le jeune homme, et je ferai dès aujourd'hui mes préparatifs de départ; mais je veux auparavant avoir un entretien avec ma cousine.

— Vous la trouverez dans son atelier de peinture avec Mme Hubert, » dit l'intendant, qui s'inclina et sortit.

Le capitaine s'y rendit aussitôt.

« Ma cousine, dit-il d'une voix émue, je viens vous faire mes adieux.

— Quoi! vous partez! s'écria-t-elle.

— Il le faut bien, répondit-il avec un soupir.

— Et où allez-vous?

— En Italie, en Allemagne,

que sais-je? Peu m'importe l'endroit, puisque je ne puis rester auprès de vous, et que je serai également malheureux partout où vous ne serez pas.

— Que dites-vous? reprit-elle en rougissant.

— Je dis que je vous aime de toute mon âme, et que je serais le plus heureux des hommes si vous consentiez à m'épouser. Mais comment oserais-je espérer ce bonheur après les paroles que vous prononçâtes le mois dernier pendant que nous visitions ensemble vos établissements charitables, et quand je sais que vous avez refusé les plus beaux partis de la province? Cependant, ma cousine, continua-t-il, encouragé par le silence de Berthilde, vous n'ignorez point que cette union était le rêve chéri de nos bons parents, et si votre pieuse déférence à leurs dernières volontés pouvait plaider ma cause...

— Mon visage ne vous fait donc plus peur? interrompit Mlle de Boisvilliers avec un triste sourire.

— Ah ! quelle injure, ma chère Berthilde! » Puis il ajouta, après un instant de réflexion : « Je ne veux rien vous cacher, ma cousine ; j'avoue, à ma honte, qu'il fut un temps où je ne vous trouvais rien moins que jolie; mais vous avez tellement embelli depuis lors, qu'aucune femme ne me paraît plus charmante que vous.

— Vous vous trompez, monsieur le capitaine, dit Mme Hubert ; Mademoiselle n'a pas embelli, mais c'est que vous la connaissez maintenant, et tous ceux qui la connaissent ne peuvent s'empêcher de l'aimer.

— Mais personne ne l'aime et ne l'apprécie autant que moi, je vous jure, ma chère madame Hubert; de grâce, plaidez ma cause auprès d'elle; et vous, Berthilde, mon sort est entre vos mains; j'attends mon arrêt.

— Mon cousin, dit-elle, je veux imiter votre franchise. Autrefois j'aurais obéi, non-seulement sans résistance, mais encore avec joie, au dernier vœu de ma mère; maintenant qu'un enchaînement de circonstances indépendantes de ma volonté a, je crois, dégagé ma parole, je ne puis prendre une pareille résolution sans y réfléchir mûrement, d'autant plus que, comme je vous l'ai déjà dit, il est difficile d'être plus heureuse dans ce monde d'exil que je ne le suis maintenant dans ma vie calme et solitaire. Partez donc, mon cousin, mais faites-moi connaître le lieu de votre résidence, et dans trois mois vous recevrez ma réponse définitive. »

IX

Mlle de Boisvilliers passa les trois mois qu'elle avait demandés dans le recueillement et la prière. Elle consulta le curé de sa paroisse, homme sage et vertueux, qui la dirigeait depuis longtemps, et le pria de l'éclairer de ses lumières et de l'aider de ses conseils dans cette importante affaire. Celui-ci prit aussitôt des renseignements sur la conduite du capitaine de Vermorand pendant le temps qu'il avait passé au service, et tous furent favorables au jeune officier. Sa bravoure, son humanité, l'affabilité de son caractère lui avaient mérité à la fois l'estime de ses chefs, l'amitié de ses camarades et l'affection des soldats; il n'avait pas de dettes, et la légèreté qu'on remarquait jadis dans ses discours et dans ses actions avait fait place à une grande maturité de jugement. Le bon curé crut donc devoir engager Mlle de Boisvilliers à accomplir le dernier vœu de sa mère. Le capitaine de Vermorand fut rappelé, et peu de temps après il épousa Berthilde; il prit dès lors le titre de marquis, qu'il avait hérité de son oncle. Quelques mois plus tard, le jeune mari apprit de Mme Hubert avec quelle générosité Mlle de Boisvilliers avait brûlé le testament de son oncle, qui la faisait seule héritière au préjudice de son cousin, et cela, au moment même où elle venait d'apprendre qu'il refusait de l'épouser. Mais déjà rien ne pouvait ajouter à l'admiration et à la tendresse que M. de Vermorand ressentait pour son aimable femme, et ses sentiments, fondés sur l'estime et le charme de la vertu, ne firent que se fortifier.

Quelques années après ce mariage, le hasard, ou, pour mieux dire, la Providence, mit Berthilde en relation avec cette belle Mlle Verdier, dont le portrait avait jadis si vivement impressionné Émile de Vermorand. Mlle Verdier était devenue la femme du vicomte de Maisonblanche, gentilhomme fort riche, qui l'avait épousée par inclination, mais qui, la trouvant capricieuse et futile, s'en était dégoûté peu à peu, et la rendait fort malheureuse. Berthilde eut le bonheur de rendre un peu de calme à ce ménage, en donnant à la vicomtesse des conseils dont celle-ci eut le bon esprit de profiter.

Le chagrin avait altéré les traits gracieux de Mme de Maisonblanche; ses caprices avaient déjà éloigné d'elle tous ses adulateurs, et elle avait appris que la beauté n'est ni durable ni suffisante pour créer un attachement véritable, si l'on n'a soin de l'étayer de qualités plus solides; et l'exemple de la pieuse Berthilde, qu'elle voyait estimée et chérie de tous ceux qui l'entouraient, lui fit comprendre aussi qu'il n'existe point de laideur qu'une inaltérable bonté, un caractère égal, l'esprit et les talents ne puissent rendre aimable.

Berthilde vécut dix ans heureuse avec l'époux que ses parents lui avaient choisi ; mais, comme le bonheur ne saurait durer ici-bas, la mort vint lui ravir presque subitement ce légitime objet de ses affections. M. de Vermorand tomba de cheval dans une partie de chasse, se fracassa la cuisse, et mourut trois jours après dans des sentiments chrétiens, entre les bras de sa femme, qui l'assista courageusement à cette heure suprême.

La douleur de la veuve égala son amour; mais la piété qui l'avait soutenue dans toutes les circonstances critiques de sa vie lui vint encore en aide dans cette terrible épreuve, et lui donna la force nécessaire pour se résigner à la volonté de Dieu. Mère de plusieurs enfants qui l'entouraient de respect et de tendresse, Mme de Vermorand s'adonna tout entière à leur éducation et à la pratique de ces bonnes œuvres qui avaient été de tout temps son occupation la plus douce, travaillant ainsi à mériter à elle-même et à son mari, pour lequel elle priait sans cesse, le bonheur ineffable de se rejoindre un jour dans le ciel.

FIN

Tours, imp. Mame.

BIBLIOTHÈQUE DES ÉCOLES CHRÉTIENNES

Animaux remarquables (les), par C. G.
Armande, par Mme la Csse de la Rochère.
Berthilde, par Mme la Csse de la Rochère.
Bonne Tante (la), par M. E.
Dix Contes pour l'Enfance, par Mme C. G.
Doigt de Dieu (le), par Ch. M.
Édouard et Henri.
Famille Bellefond (la), par Mme Fanny de Mouzay.
Honnête Ouvrier (l'), par Mme la Csse de la Rochère.
Jeune Meunière (la), par Mme Camille Lebrun.
Laurent le Paresseux, par M. E.
Leçon de Charité (la), par Mme Fanny de Mouzay.
Leçons pour les Enfants, par Miss Barbault.
Lectures pour l'Enfance, par Mme Fanny de Mouzay.
Mémoires d'une Grand'Mère (les), par Mme la Vsse de Saint-P**.
Petit Matelot (le), par Mme Césarie Farrenc.
Récits du vieux Soldat (les), dédiés à l'enfance.
Soirées instructives et amusantes, par Mme de ***
Tante Ursule (la), par Mme la Vsse de Saint-P**.
Voyage en Californie, par H. de Chavannes.

www.ingramcontent.com/pod-product-compliance
Lightning Source LLC
LaVergne TN
LVHW020029170826
845678LV00001B/186

* 9 7 8 2 3 2 9 7 3 5 0 3 0 *